하늘이
보고
싶다

하늘이 보고 싶다

2024년 4월 25일 초판 1쇄 발행

지은이   양홍재
펴낸이   김영훈
편집인   김지희
디자인   김영훈
기 획   정희복
편집부   이은아, 부건영
펴낸곳   한그루
        출판등록 제651-2008-000003호
        제주특별자치도 제주시 복지로1길 21
        전화 064 723 7580 전송 064 753 7580
        전자우편 onetreebook@daum.net 누리방 onetreebook.com

ISBN 979-11-6867-162-1 (03810)

ⓒ 양홍재, 2024

값 12,000원

하늘이
보고
싶다

양홍재 시집

한그루

시인의 말

2018년에 망막색소변성증으로 시력을 잃은 후 앞을 보지 못하고 생활해야 하는 고충과 절망감을 극복하기가 쉽지 않았습니다. 한탄해보아도 소용없는 일이기에 숙명으로 받아들이며 안정을 되찾았지만 혼자 지내는 시간이 많아지면서 온갖 번뇌를 이겨내기는 더욱 어려웠습니다.

외로움과 애환을 달래기 위해서 떠오르는 감회를 시 형식으로 쓰기 시작했습니다. 보이지는 않아도 백지에 자를 대어 줄을 맞추면서 한 자 한 자 적어나갔습니다. 화창한 날은 밝은 느낌과 생각을 마음으로 정리하여 쓰고, 잠 못 이루는 밤이나 새벽에는 그리움과 회한을 진솔하게 표현하려고 했습니다.

마침 가족의 출판 권유로 시집을 내기로 결심하고 1년 동안 지인의 도움을 받으며 교정 작업을 하고 편집을 하여 발간에 이르게 되었습니다. 부친이 6·25 참전 중에 전사하여 청상과부로 나를 키운 어머님에 대한 애틋한 모정, 계절의 섭리, 어린 시절 향수, 향기로운 꽃과의 대화, 제주의 자연풍경, 인생 성찰, 고향의 풍수와 유래를 정성을 다하여 쓰려고 했습니다.

미흡한 시집이지만 저의 시를 읽은 독자들이 음미하며 삶의 의미를 되새겨 보고 주어진 일에 보람을 찾는 계기가 되었으면 합니다. 또한 저의 작품이 장애를 겪는 분들에게 인연이 닿는다면 희망과 용기를 갖고 스스로 위안하며 긍정적인 마음으로 생활해 나갔으면 합니다.

시집이 나오기까지 물심양면으로 도와주신 모든 분들께 진심으로 감사드립니다. 저희 가족 모두에게 고마운 마음을 전합니다.

2024년 4월

하늘이

보고
싶다

하늘이 보고 싶다
어머니 품속처럼 포근하고
꽃 물든 핑크색 봄 하늘을

소나기 끊겨
바다가 파랗게 이어지고,
무지개 피어오른 여름 하늘을

들판에 곡식 익어
가을 바람에 감사 기도하는
풍성한 가을의 높디높은 하늘을

눈 내린 아침,
옛집 장독대에 수북이 쌓여
내 어머니 흰머리처럼
여린 햇빛에 반짝이는 겨울 하늘도

나의 하늘엔 어둠의 장막 덮여
칠흑의 밤으로 이어지고
진한 외로움에 지쳐 있다

가슴이 아려온다
구멍 난 틈새로 하늘을 보려 하니
거센 눈보라가 친다

나의 눈 속에 눈이 들어와
하늘의 눈물과 나의 눈물이
합수合水가 되어 흘러내린다

나는 입 벌려 합류의 눈물을 마신다
"성수聖水를 마시고 있네"
들고양이가 말한다

눈보라 끊기고 조용한데
잔잔한 목소리 들려온다
"마음의 눈으로 세상을 보거라"

원래, 하늘은 검을 현玄이건만
그래도 내 마음속에 남아 있는
사계四季의 하늘을 보고 싶다

하늘이
보고
싶다

차
례

13

16

17

제1부

———

그
리
움

달 지는 새벽길

이제 떠나련다
남은 내 인생길을

인정人情의 향기 그윽하고
진실이 꽃 피는 그곳을 찾아

어둠의 세월 사죄謝罪로 묻고
허물 벗어 놓을 수 있는 그곳으로

침묵과 함께 떠나련다
이슬 내리고 풀 향기 풍기는
달 지는 새벽길을

어머니의 손

어머니 소리만 들어도 가슴이 찡하다
작은 체구에 다소곳한 모습 떠오르면
눈시울이 뜨거워지고 가슴이 아려온다

이십 대 청상과부로 유복자 아들 하나 믿고
그 모진 세월 어찌 사셨을까?
고희 넘긴 이 아들 눈물이 앞을 가린다

종손의 며느리 가장으로 늙은 시부모 모시고
낮에는 농사일, 밤늦도록 재봉틀 돌려 옷 만들며
물때가 되면 바다로 나가 해녀로
한 서린 숨비소리로 내뿜는 그 울림
귀에 점점 들리는 듯하네

눈 감으면 떠오르는 어머니의 손
어느 머슴의 손처럼 마디마다 굵게 패인 주름에

공이 다 박혀 고생하시던 그때의 모습
철들어 되돌아보니 마음이 아프고 아프도다

모진 풍파 그 세월 잘도 넘기셨네
어머니이기에 가능했던 것일까
무심한 세월은 보상도 없이
그리 빨리도 데려가셨나?

불효자는 가슴이 터지도록
아파하며 후회합니다
허전한 마음에 '어머니' 하고
목이 메도록 불러 봅니다

숨비소리

내 어머니는 해녀였다
작고 가냘픈 몸으로
거친 세파 이겨낸 인동초^{忍冬草}

나 어릴 적 어머니 따라 물질 갈 때
나는 갯바위에 걸터앉아 태왁에 시선 맞춰
어머니가 물속으로 들어가면 내 영혼도 같이 간다

나도 숨죽이며 바라보며 물질을 같이 한다
어머니가 한참을 기다려도 안 올라오면
내 가슴은 뛰고 숨죽이고 기다린다
어머니가 올라와 '호오 이~' 하면
나도 따라 참았던 숨을 휴우~ 내쉰다

해녀들의 숨비소리 여기저기 들려온다
인간의 한계를 넘나드는 곡예의 음성

이승과 저승을 오고가는 극한의 소리
삶의 현실을 극복하는 고통의 언어

지상의 울림이 천상의 소리로 승화된
고귀한 생명의 소리, 내 어머니 숨비소리
호오 이~ 호오 이~

고추장 담그는 날

나의 어머니의 하얀 모란항아리 두 개
하나는 꿀 단지 또 하나는 고추장 단지
오가며 닦고 또 닦는다

내 어릴 적 꿀 한 손가락 빨려고
검지손 넣었다가 보니 빨간 손가락
엉겁결에 고추장 빨아먹던 추억

우리 집 고추장 담그는 날엔
나는 메줏가루 만드는 담당
돌절구에 넣어 메줏가루 만든다

준비된 재료 차례로 넣으며 저어주면
빨간 장밋빛 고추장이 탄생하고
지세 항아리에 넣어 숙성시킨다

양푼에 뜸 재운 보리밥 넣고 상추와 들깻잎
참기름 간장 넣어 조물조물 섞는 어머니 손길
할머니 어머니 나 세 식구 둘러앉아

한 술 떠먹고 할머니 얼굴 보니 만족한 표정
또 한 숟갈 떠먹고 어머니 쳐다보니 행복한 모습
아련한 추억 속에 천국의 만찬 그리워진다

장맛비

오늘도 주룩주룩
하늘에 검은 장막 쳐놓은 듯

직박구리 한 쌍 처마 밑에
비 피해 찌찌지이 찌지찌지

궂은 비 내려 낙수 소리 요란한데
멀리서 들려오는 어머니 한숨소리
작은 체구에 주름진 얼굴 다가온다

옛적 장맛비 오는 날 그 모습
가슴이 아려오고 눈물이 돈다

내 어머니 한숨 속에 담긴 뜻
청상과부 시부모 모시고 살아온 그 세월
응어리진 한을 한숨으로 녹이고 풀어내었구나!

지금도 귀에 생생한 가슴 아린 슬픈 소리
고통 없는 세상에서 영면하소서

칠석날 추억

무더운 여름을 식히는 매미소리도
아침 일찍부터 울어댄다
가는 여름이 아쉬워서인가
생애를 마감할 시간이 다가와서일까

지는 노을이 노랗게 물들고
견우와 직녀의 상봉을 보기 위해
서쪽 하늘에 상현달 뜨고
별들도 하나둘 모여든다

넓은 마당에 멍석 깔고 자리 펴서
긴 베개 놓고 어머니와 나란히 누워 별을 본다
별자리 헤아리며 견우직녀의 전설을 듣는다

밤하늘의 별을 헤아리다 밤이 깊으니
나의 별을 찾아 꿈나라 떠난다

잠에서 깨어나니 어머니는 나에게
견우와 직녀는 오작교에서 만나고 돌아갔단다

어느새 첫 닭 울어 새벽을 알리네
오늘도 하늘엔 견우성과 직녀성이 빛나고
그리운 어머니 목소리가
미리내 건너 유성流星 타고 들려온다

동반자

삶의 터전을 잘 가꾸지 못하여
어디로 가야 하는지
어느 곳인지 모르는 길 가다 보니
길은 끊기고 방향 잃어 헤맸지

방황 속에 돌아보니
젊음은 저만치 흘러갔네
그래도 그대 곁에 있어 외롭지 않았고
우린 고난의 길을 함께 걸었네

응달에선 한몸 되었다가 햇볕이 비추면
바짝 붙어 따라다니는 그림자처럼
그대와 나의 인연은 숙명인가

이 몸은 어느새 흰머리가 많아지고
그대도 주름살이 조금씩 생겨나는구나
세월과 우리네 몸은 멈출 수가 없나 보다

이 목숨 다하여 저세상에 가서도
당신과 나 늘 함께하여 영생을 누리고 싶네
하늘이 맺어준 고귀한 인연, 나의 동반자여!

아가의 미소와 눈부처*

첫 돌 맞이하는 귀여운 손자
새근새근 자다 깨어 나를 보더니
소리 없이 살며시 미소 짓네

그 미소에 온갖 시름 사라지고
마음이 편안해지네
와불의 미소를 본 듯

맑고 초롱초롱한 눈망울에
홀연히 비친 눈부처
세파에 찌든 나의 모습
순수한 그 눈에 오염될까 두려워 비껴 앉는다

아가의 미소에 번지는 평화로움
눈에 투영된 눈부처로 진실을 보았네
나의 삶을 뒤돌아보게 하는구나

아가의 미소와 눈부처
내 마음속에 오래도록 고이 품어서
천진天眞한 향기 퍼져나가게 하리라

* 눈부처: 눈동자에 비친 사람의 형상

친구야

종다리 뻐꾸기 노랫소리 끊어지고
폭염이 마지막 기승을 부린다
가을의 전령사 고추잠자리 한 쌍이 날아와
높낮이 비행하며 날아간다

친구야,
하늘은 높고 파래서 마음이 청량하구나
노랗게 물었던 은행잎 떨어져 구르고
보름달 높이 떠 있으니 그리움이 밀려온다

가을이 깊기도 전에 마음의 병이 든 걸까
이 병에는 자네가 약일세
소주잔 기울이며 정담 나누면 홀가분하겠구나

가을바람에 흔들리는 나뭇잎처럼 불안하고
그리움에 마음 허전한 사람들끼리 같이 웃고
따뜻한 정 나누며 살자꾸나
보고 싶다, 친구야

추억의 꽃

친구야, 얼굴 한번 보세
봄이 오는데 두툼한 겨울옷 벗어 버리고
소주 한잔 하세!

꽃이 피는데 얼굴엔 주름 꽃 피고
머리엔 하얀 꽃 다투며 피는구나
그래도 마음엔 추억 꽃 온갖 꽃 만발하네

친구야, 우리 몇 번이나 볼 수 있을까
금쪽같은 세월 가기 전에
한적한 길 걸으며 아련한 추억 되새기고

땅거미 올라오는 시간되면 술잔 나누며
삶의 의미 담긴 노래도 한 곡 하세

봄은 여물어 꽃망울 터지고 있다네
꽃 지기 전에 몸 가기 전에
모든 시름 잊고 추억의 꽃 피우며 한잔 하세

내 마음에 초승달 뜨네

나의 해는 지더니 뜨지 않고
달빛에 의지해 살아왔는데
어느 날 갑자기 달이 추락했네

어둠의 밤은 지속되고
별빛 그리워 하늘을 보고
별이 뜨기를 기다려도 별은 뜨지 않네
그 수많은 별들마저 몰락했나 봐!

나 홀로 칠흑 같은 어둠 속에
버려진 양 오도카니 서 있네

생과 사의 투쟁의 시간은 지나고
홍역을 치른 어린 아이마냥
새로운 나의 갈 길을 간다,
이제 남은 소중한 시간을 위해

내 마음속에 초승달 떠서
시간 지나면 반달이 되고 보름달 되어
어두운 세상 밝아지게 하고 싶구나

뻐꾸기 우는 밤

삼광사에 밤은 깊어
뻐꾸기 슬퍼 울어
뭇 생명 잠을 깨운다

상현달은 하늘에 걸려 있고
또다시 슬피 우는 소리에
마음이 아리고 애간장이 녹는구나

무슨 애환 그리 많아
그다지도 울어 슬픔 풀린다면
나도 같이 울자꾸나

눈시울이 사뭇 뜨거워져
고개 들어 하늘을 보니
고요히 떠 있는 상현달은 미소 짓네

하늘이 부끄러워 더 울지를 못하니
내 몫까지 실컷 울어서
처량한 사람들 마음을 씻어주려무나

오늘 밤도 뻐꾸기는 뻐꾹~ 뻐어꾹~

만추의 그리움

늦가을 햇살은 맑고 하늘 높아
사색에 젖어 걷노라니
떨어지는 낙엽이 나를 외롭게 하고
외로움이 그리움을 낳아 가슴이 아려온다

낙엽 지는 만추의 계절이 되면
그 누구와 차 한잔 마시고 싶다
사랑하는 사람이 아니라도
그립고 보고픈 사람이라면

오르막 등허리에 조그만 찻집
해 넘는 창가에 기대 앉아
그리운 사람 체온이 다가오는 듯
눈 감고 찻잔의 온기 느끼며 향기를 마신다

오랜 세월 묻어둔 못다 한 이야기
빈 찻잔에 털어 놓고
곱게 지는 노을을 시로 보낸다
그리운 사람이여! 보고 싶구나

제2부

천혜의 자연

갯내음

마음이 울적하고 답답하면 바다로 가서
수평선을 바라보며 바다와 대화 나눈다
삶의 고뇌에 대한 푸념과 독백이다

눈을 감고 파도 소리에 귀 기울이면
바람과 함께 하모니가 되어 흐르니
나의 영혼은 가락에 맞춰 무희舞姬가 된다

춤추고 노래하며 자유를 즐기다가
순진무구한 젖먹이 아이처럼
어머니 품속으로 머리 비비며 파고들 듯
마음은 포근하고 평온한 세상에 잠겨든다

갯내음은 모성母性의 향기
마음이 울적하고 답답하면 바다로 간다

알작지왓

달그락 달그락 소리 내며
내도동 바닷가 알작지왓을 걷는다

파도가 밀려와 쏴르르 사르르
물먹은 알작지, 흑진주 되어 반짝반짝 빛나네

너희들은 형제 자식 많아 좋겠구나!
늘 함께 살갗 맞대며 모여 사니

파도가 소리쳐 울며 세차게 밀려와도
서로 의지하며 그 자리 떠나지 않으니
참으로 우직하고 성스럽다

모나지 않고 몽글몽글하게 수신修身하고
서로 보듬으며 살아가는 지혜로움에
감복하며 경의를 표한다

거친 풍파로 서로를 연마하여
매끄럽고 굳센 모습 보여주는 너처럼
원만하고 옹골차게 살아가리라

수평선

그대는 하늘에 확실한 선線 그어 놓고
높고 낮음 어김없이 수평을 이루어
순리를 따르는 우주의 법도法度 되었네

마음이 울적할 때면 그대를 만나러 간다
보고만 있어도 금세 진정되니
그대는 감정 치료사인가?

일이 제대로 안 풀려도 그대를 찾는다
새벽녘 해가 떠오를 때 심호흡하며 기氣 받으면
온몸에 생기가 돌고 힘 솟는다

해 질 무렵 수평선에 노을 곱게 물들면
시인 되고 화가畵家 되어 검지로 스케치하고
마음으로 색칠하여 기억 속에 간직한다

새벽녘에 떠오른 태양이 어느새
고운 노을을 뒤로하고 수평선 너머로 잠기는구나
새날이 밝아오면 수평선은 다시 나를 부르리

귤림추색

아침에 눈을 뜨니 하얀 귤꽃들
방글방글 웃음 지으며 그윽한 향 자아내고
잎사귀 사이 꽃봉오리 금세 터질 것 같구나

어느새 몽글몽글 열매 달려
햇살이 어루만져 주고 바람이 품어주니
설익은 열매가 하루하루 다르게 커지고 있네

밤에는 별들의 속삭임에 귀 기울이고
달님과 정겨운 얘기 소곤소곤 주고받는 듯
귀뚜라미 노랫소리 들으며 밤을 지새운다

가을 깊어지면 노랗게 익은 귤이 주렁주렁
귤림추색 풍경 영주십경으로 손색이 없구나
내 삶의 갈무리도 이리 아름다울 수 있을까

바당 밭

넓은 바당 밭에 돌고래 두 마리
귀여운 쌍둥이 돌이와 순이
나의 영혼도 그들과 함께 산다

샛별이 뜨면 우리 셋이 해님 마중 나가서
해님에게 바다가 오염되지 않도록 기원한다
쌍둥이 재롱을 보노라면 하루가 짧다

해 지는 저녁이면 노을과 같이
내일 뵐 해님을 배웅하고 나면
또 다른 세계 밤바다와 마주한다

어둠이 깔리면 바다 위엔 별들이 내려와
파도타기 놀이를 한다
나도 함께 신나게 물결을 가르며 놀아댄다

밤이 깊으면 바당 속은 고요해지고
수많은 어족들은 평화롭게 유영遊泳을 한다

나의 영혼도 어족인 양
요람에 누워 고이 잠든다.
바당 밭은 나의 본향本鄕, 영원한 안식처

올레길

올레길은 사랑의 길
모든 연인들이 사랑 주며 걷는 길

올레길은 우정의 길
새로운 정을 옛정에 보태며 쌓아가는 길

올레길은 인연의 길
길동무 되어 관계를 맺어주는 길

올레길은 낭만의 길
계절 따라 다양한 풍경이 펼쳐지는 길

올레길은 추억의 길
그 시절 기억들이 되살아나는 길

걸으며 생각하고 다짐하는 길
걸으며 되돌아보고 참회하는 길
걸으면 또 걷고 싶은 마음의 길

놀멍 쉬멍 걷는 올레길

월대에서

답답한 마음 달래려 월대에 나갔더니
가을 달 높이 올라 온통 노랗게 쏟아지네
물 위엔 수많은 별이 내리고
바람이 지나면 은어들이 유영遊泳한다

추풍이 살짝 스쳐도 가슴 아리고
달빛 받아 괜히 눈시울 뜨거워지네
낙엽이 뚝뚝 떨어지는 소리에
심장이 일렁이는 건 어인 일인가

그늘진 물가에 외롭게 달이 뜨니
반쯤 찬 술잔 속에도 어린 달 숨어 있네
홀로인 너를 따뜻한 내 품에 안아주마
너도 어두운 내 마음 밝게 해다오

바람 불어 낙엽 구르는 소리에
아픈 추억 되살아나는 모든 질박했던 기억들
낙엽에 실어 바다로 띄워 보낸다
나를 성숙하게 해준 고마움 마음을 담아

노년의 꿈

타는 노을이 참으로 아름답다
내 노년의 꿈도 저랬는데
세월 돌아보니 낙조 된 줄 몰랐네

맑은 햇살과 선선한 바람에
곱게 물든 단풍 될 줄 알았는데
빛바랜 낙엽 된 줄 몰랐네

가을밤 높게 떠서 밝게 비치는 달처럼
세상을 밝히는 빛이 되고 싶었는데
먹구름 가려 무명의 마음으로 걸어왔네

가을밤 나는 기러기 날개에
근심 걱정 모두 실어 보내고
수평선 너머로 해 지듯 떠나련다

물결 잔잔한 바다 위에 물새 날아가니
만추晩秋의 그리움이 밀려오네
타는 노을이 낙조가 된 인생의 황혼기
나의 마음을 아름다운 노을로 물들여가리

타는 노을 낙조 되어

가을 하늘 높디높아
눈이 시리게 파아랗고
서쪽 하늘 연분홍으로 물들더니
수평선에 빨갛게 노을이 탄다

잔잔한 바다 위에 홍비단 깔아 놓았네!
저 비단으로 어머니 옷 지어 입히고
함께 단풍 구경하고 싶네

가을바람 지나더니 채색 구름은 간 데 없고
해 넘는 바다 위에 물새 날으니
커다란 물 쟁반에 잘 익은 홍시 하나
너무도 탐스럽구나

타는 노을 낙조 되어 어둠이 내리고
아기별, 엄마별, 아빠별 뜨니
별들의 유희에 고운 꿈에 빠져든다

동쪽 하늘에 샛별이 뜨면
새로운 오늘이 오는 소리
날마다 새롭고 또 하루가 새롭구나

농무濃霧

하늘은 푸르고 봄볕 따스한데
한라산 중허리에 운무 곱게 걸렸네
아아 진경산수 걸작품이네

갑자기 초대받지 않은 봄 손님
짙은 안개 순간의 회색빛으로
태곳적 혼돈의 세계로 변모하네

우주의 한복판에 외롭게 서 있는 듯
젊은 날, 안개 속에 길을 잃어 방황도 했고
항해 중 해무에 쌓여 난파선 될 순간도 있었지,

세파에 채이고 사람에 속아서 통분을 할 때
야, 미련한 놈아 그 나이에 과거에 머물고 있냐
소우주의 내가 나에게 소리친다
무거운 짐 내려놓고 거짓과 허욕의 옷 벗고
대우주의 안개로 깨끗이 씻어내어 마음을 비워라

황혼의 삶, 새롭게 단장하여
소중한 인연과 정情 나누며 아낌없이 베푸는 것이
아름답게 하늘로 돌아가는 길이라 하네

장맛비 속 하루

추적추적 내리는 장맛비
울적한 마음 달래려 공원길 걷는다
간간이 부는 바람 고맙고
맞닿은 우산 사이로 오가는 인사 정겹다

어느새 잔뜩 흐린 하늘에 구름 문 열리니
쏟아지는 금빛 햇살 해후한 정든 님 같아
양팔 크게 벌려 가슴 가득 품어 본다

그것도 잠깐, 정 많은 변덕쟁이
검은 구름 밀려오고 하늘 문 닫히니
천둥 번개 치며 장대비 쏟아진다

모두들 머리 숙여 줄달음질 치고
비 가림으로 휴게소 들어가 보니
소나기 맞은 꿩처럼 모여 앉아
눈 감고 회개하는 듯 조용하다

비 그쳐 하늘 밝아지고
모두들 흩어져 떠나가네
흐르는 공기 맑아 걷는 발 가볍다

장맛비 풍경 속 하루
우리네 희로애락도 이와 같지 않은가

산에 살고 싶다

화창한 봄날 아침 배낭 메고 산으로 간다
산이 있어 산에 오른다고 누가 말했지
나는 산이 좋아 산에 간다네

힘겹게 헐떡이며 오르는 것은
희열과 감동을 맛보기 위함이다
걷노라면 번뇌는 사라지고 나를 돌아보네

하늘은 더 높고 더욱 파랗고
넓은 들 넓은 바다, 하늘과 맞닿았네
고개 돌려 바라보니 내 사는 동네 보인다

밟으면 사라질 듯, 저 인간세상
얼굴 붉히고 다투던 일들… 인간은 미물인가
고개 들기 부끄럽고 마음이 안쓰럽다

이제 하산할 시간
오늘은 모든 욕심 내려놓고 가려 했는데
산이 오염될까 온전히 버리지 못한 건지

그래도 산에 오르면 마음이 가벼워지네
어머니 품속 같은 산이여
나, 그대와 같이 살다가 그대 품속에 안기리라

제3부

꽃의 독백

하얀 꽃 핀 산딸기

양지바른 오름 밭에 빨갛게 익은 산딸기
엊그제 하얀 꽃 피워 온 들이 하얗더니
곱게 익은 너의 모습 수정처럼 해맑구나!

내 손자 놀이할 때 송글송글 땀방울 맺힌
볼그레한 동안童顔이 네 모습과 너무 닮아
눈요기만 하고 침 삼키며 돌아서네

산새들 먹이 되어 산야에 씨 뿌리면
새싹 돋아나 싱그럽게 자라서
산등성마다 너의 어여쁜 얼굴 보이려무나

산딸기 떨어지고 계절이 바뀌어
다시 봄이 돌아오면 새순 돋아나서
하얀 꽃 피어나는 너의 모습 보고 싶구나

양애꽃 필 때면

눈 감으면 나의 영혼은 고향 집 어귀에 있네
초가집 지붕 위로 모락모락 피어나는 연기 구름

'어머니' 하고 부르니 밥 짓다 말고
한 손에 부지깽이 들고 미소 짓는 얼굴
달려가 와락 안기면 한동안 숨이 멈춘다

그날의 그 포근한 어머니 품속…
초가집 처마에 시원한 바람 지나더니
양애잎 살랑살랑 부채질하며 분주히 곱게 단장하네

한가위 둥근달 떠오르니 양애꽃 아가씨들
달빛에 물들어 신화의 나라로 여행 떠나고
쏟아지는 별빛 아래 동네 아이들 노래 부른다

감은 눈 뜨지 않으리
어머니 그리운 마음, 어린 시절 옛 추억
사라질세라 눈 뜨지 않으리

동백꽃

하얀 눈 덮인 산언저리에
함초롬히 피어난 동백꽃
솜 모자 덮어 쓰고
누구를 기다리며 외롭게 서 있는가

스쳐 지나만 가도 따스하게 느껴지는 님
아침이면 반겨주고 저녁엔 휴면에 들고
두루 뭇 중생을 살리는 우리 님
아~ 해님을 사모하고 있구나!

추운 겨울 긴긴 밤
외로움과 추위를 이겨내고
너의 정열 식지 않고 붉게 피어났도다
그 영혼 숭고한 정신으로 승화되려무나

인고의 바람 훈풍 되어 차가운 눈 녹이고
봄이 오는 길에 온정과 희망도 같이 데려와
이 땅에 화해와 상생의 꽃 활짝 피우거라

물가의 신선 수선화

아침 햇살에 잠을 깨고
화사하게 피어난 수선화

하얀 치마에 노란 저고리 갈아입고
곱게 단장한 새색시인 듯
순수한 자태 참으로 곱디곱구나

나 언젠가 세상을 등지면
무덤 옆에 너를 심도록 하여
늘 고운 모습을 보며 지내고 싶도다

봄이면 새 옷 갈아입은 신선함으로 다가와
여름 되면 너와 함께 휴면에 들며
가을이 오면 서늘한 바람에 깨어나
시 한 수 읊어 석양노을에 띄워 보내고
눈 내리는 겨울엔 따뜻하게 품어 주련다

한겨울의 매서운 바람과 추위 속에도
인고忍苦의 시간을 묵연히 보내고
노오란 꽃 곱게 피우는 물가의 신선

접시꽃 추억

길가에 곱게 핀 접시꽃
하얀 꽃, 붉은 꽃 예쁘게 피었구나

어릴 적 시골집 골목길에
봄부터 피어 장마철에 만발했던 꽃

사촌 누나 옥선이와 나
누나는 붉은 꽃, 나는 하얀 꽃 따서
이마에 콧등에 붙이고
'꼬끼오 꼭꼭' 하며 닭 놀이 하던 시절

그 추억 되살아나
곱디고운 꽃 속에 누나 모습 보이네

세월이 흘러 일갑자^{甲子} 돌아
머리에 서리 내려 하얗고
이마엔 잔잔한 주름이 생겨났다

생채기 난 가슴이 시려온다
붉은 꽃 맑게 웃고, 하얀 꽃 밝게 웃으니
모진 세월 속 응어리진 마음이 풀리는구나

치자꽃 향기

장맛비 개인 아침 공원길 걷다가
향기 따라가 멈춘 곳에
하얗게 피어난 치자꽃

잎사귀 사이로 솟아오른 꽃망울
아침 햇살 받아 예쁘게 피었구나
그윽한 향기에 벌과 나비 모여들겠지

열매도 없는 너인데
천리향보다 더 진한 향기 속에
자애로운 은은한 온정 녹아들어
외롭고 그리움에 젖어있는 사람
슬픔과 괴로움에 빠져있는 이웃에
아낌없이 고루고루 나누어 주면 어떠리

은은한 향기 그들의 마음속에 스며들어
비 온 뒤 구름 걷히고 밝은 햇살 비치듯
희망찬 발걸음 내딛게 하려무나

상사화

검붉은 대 솟아나더니
어느새 붉은 꽃 처량하게 피었구나
어이하여 잎 하나 없이 벌거벗고 서 있는가

전생에 무슨 사연이 있기에
하늘이 내린 업보를 받고 있는가

애절한 사랑의 죄이던가
너무도 가혹한 형벌이구나

낮에는 해님이 위안을 해주고
밤엔 달과 별이 벗이 되어 외로움 달래주네

언젠가 죄업 사라지면
잎과 꽃 다시 만나
고귀한 사랑의 꽃으로 피어나려무나

능소 아가씨

돌계단 대문 집 울타리에
곱디곱게 만발한 능소화
바람에 진황색 물결치네

여름밤 그리움에 목말라
뚝뚝뚝 떨어지는 꽃잎
정든 님 오시는 길목에 꽃길 만들어
밤새워 기다리는 능소 아가씨

새벽이슬 내려 촉촉이 꽃잎 적시고
밟힐까 조심조심 모아놓고
오시는 길 바라보다 눈시울 적시네

능소화 피고지고 끊임없는 시간 흘러
돌담장 넝쿨 뒤에 하얀 눈 소복이 쌓이고
그리움도 기다림도 흰 눈 속에 묻혀가네

송악꽃

앞뜰에 감나무 잎 지고 허황한데
가녀린 가지에 까치밥 바람에 떨고 있네

울타리 담벽 위에 걸터앉은 송악
홀로 푸르름 의젓이 뽐내고 있네

간밤에 별이 촘촘하고 하늘이 맑아
잔별들 내려와 송악 품에 안겨 놀다 가더니
그 자리에 별처럼 예쁜 송악꽃 소복이 피었구나
겨울 오는 문턱에 어찌할꼬

내 오랜 친근한 벗 송악아!
강인한 인내심으로 엄동설한 넘기고
새봄 햇살에 영글어가는 열매 보고 싶구나

바람 잘 날 없는 풍진 세상이지만
너처럼 끈기 있고 의연하게 살아가련다

풍란의 향기

밤새 거실에 곱게 피어난 풍란
그윽한 향기 거실 가득 감미롭구나
너의 향기가 행복을 초대했나 보다

웃음이 있는 곳에 행복은 머문다나
아내는 웃음이 많은데 나는 돌하르방
이제부터라도 웃음 공부해야겠네

양쪽 입꼬리 올리고 흐뭇한 표정을 지으며
입 크게 벌려, 하하하~ 하하하하~
내 꼴이 우스워 행복도 미소 짓겠지

빈 웃음이 참 웃음 되어가고
이유 있는 가식은 진실로 통하는구나
풍란의 향기 웃음으로 이어지면
온종일 행복이 가득

꽃과의 대화

간밤에 별이 와르르 지더니
아침 화단에 하얀 별들이
수북이 내려 앉았네

맑은 공기로 세수하고
영롱한 이슬로 화장하니
예쁘고 청아하구나

너, 별꽃이구나!
별꽃이 아니구요
이름이 없어요

아니, 이 땅에 내려와
이름 하나 없다니
내 너의 이름을 지어주마

지성화地星花라 부르면 어떠냐?
지구에 피어난 별꽃이란 뜻이란다
부디 삭막한 이 땅에 뿌리 내려
별처럼 빛나는 꽃이 되어다오

모정의 옥수수

금년 봄 텃밭에 황금 알 심어
정성으로 보살피니 싱그럽게 자라나서
잎 사이로 알을 배고 파란 수염 나오더니
어느새 백발 되어 수확 시기 알리는구나

뚝뚝 열매 따서
흰 수염 털어내어 껍질 벗기니
촘촘히 열 지어 박힌 알알이

어릴 적 우리 엄마 하얀 치아 드러내어
환하게 웃던 모습 닮아 가슴이 아려온다

사람은 늙으면 추해질 수도 있는데
옥수수는 익어서 황금으로 물드는구나
너를 차마 다 삶아 먹을 수는 없어
그늘에 말려 방에 걸어놓고 겨울 함께 보낸다

내년 봄에도 정성껏 심어
자애로운 어머니 웃는 모습
또다시 보련다

고사리 신神

햇살 좋은 양지 들녘에
지기地氣와 천기天氣를 받은 고사리들
앞다투며 솟아나느라 야단법석이네

연하고 부드러운 자태
내 손자 어릴 적 귀여운 모습 같아
꺾으려니 망설여져도 손이 저절로 가네

집 안으로 정성껏 모셔와
선조 제사상 맨 앞 가운데 자리 잡아
자손 절 받으니 어느 조상의 영혼인가?

마구 꺾여도 아홉 번이나 다시 태어나는
그 끈질긴 생명력 귀하게 여기는 이 많으니
마땅히 지신地神으로 추앙받을 만하구나!

제4부

계절의 섭리

계절의 선물

어김없이 바뀌는 계절
누구에게나 공평한 선물

마음 열고 받으면 큰 선물
마음 닫고 맞으면 무심함

그저 작게 기다리는 마음으로
부담 없이 받을 수 있는 선물

이 좋은 계절에 주변 살피며
정겨운 벗들에게 따뜻한 안부 띄운다

가을은 소리로 온다

시원한 바람 타고 가을은 소리로 온다
가을은 산을 타고 내려와 억새꽃 피는 들판을 지나
시냇물 타고 졸졸졸 소리 내며 온다
들녘의 곡식들 고개 숙이고
살 비비는 묵직함이 풍성한 소리 되어 온다

감귤나무 가지마다 주렁주렁 해님과 달님이
노란 물 들이느라 쉴 새 없이 바쁘다
가을은 새콤한 향기 타고 소리로 들린다

난 유난히도 가을을 탄다
솔솔 부는 미풍에도 두근거리고
풀벌레 울음소리에 외로워진다

외로움은 견디며 사는 것
그리움은 아파도 참는 것
가을은 여물 들이고 단단하게 만드는 계절

은행잎 구르는 소리에 아파하지 말고
단풍잎 바삭거리는 소리에 슬퍼하지도 마라
그들은 화려한 옷 벗어버리고 휴식을 위한 준비일 뿐
아 가을은 소리로 깊어간다

봄이 초대한 손님

봄 손님이 오신다
멀리서 학 한 마리 날아와
비행하여 돌더니 내려앉는다
착지하는 모습이 우아하고 예술이구나

하늘에서 온 사신使臣인 양 우아한 자태
모습이 청렴한 선비 같아 학이라 했을까
'두루루 두루루' 소리 내어 '두루미'라고도 부르지

우리 조상들은 학을 선망의 대상으로 삼아
고관대작들의 도포에 그대 모습 수놓고
복대에 그려 놓아 착용하였으니
수많은 이들이 그대를 고귀하게 여겼지

솔가지에 까마귀가 깍깍거리며 두루미에게 하는 말
겉이 하얀 놈이 속은 어찌하여 검은가?
어쩌다가 눈은 그리 까맣게 되었나?
그래서 우린 너를 경계하고 날아가 버린단다

두루미 그 말 듣고 고상한 자세로 대답하길
남의 속 검은지 흰지는 너희가 가릴 일 아니지
누구나 올곧게 살면 하늘이 알게 되느니라

까마귀 떠난 솔가지엔 노란 송홧가루 날리고
봄은 깊어 싱그러움은 녹음으로 물들어 간다

봄나들이

봄볕이 살포시 내려와
목덜미를 간질이고
봄기운 온몸으로 스미네

볼그스레한 복숭아꽃
봄 처녀 마냥 수줍어하고
노란 민들레 배시시 미소 짓누나

새들은 흥겹게 노래하고
봄바람이 풀꽃 향기 실어오니
무릉도원에 와 있는 듯…

시원스레 흐르는 시냇물
이 청량한 물소리로
혼탁한 내 귀 말끔히 씻어내고 싶어라

온종일 봄기운 받아

발걸음은 가볍고

지는 노을 바라보며 내일을 기약하네

가을의 노래

상쾌한 바람 불어 하늘 높고 푸르니
내 마음도 파랗게 물들어 간다

나의 영혼은 가을 맞으러 들로 나가니
벌써 가을은 와 있고 나를 맞이하는구나

들녘의 억새꽃 하얗게 피어 넘실넘실 물결치고
바람이 지휘하는 가을의 노래 잔잔히 흐르네

작은 귀 크게 열고 자연의 소리 듣노라니
마음의 눈 뜨고 시문詩門이 열려서
시 한 수 지어 푸른 하늘을 향해 낭송한다
가을은 누구나 시인이 되는 계절

나뭇가지 위에 머루 다래 익어 향기 풍기니
지나는 산새들 모여들어 짹짹거리며 정답게 쪼아 먹네
자연은 스스로 그렇게 흐르는구나!

여름날 달아오른 열기
시원한 가을바람에 날려버리고
가슴 한구석에 쌓인 서러움
가을볕에 사르르 녹아 사라지네

어두운 밤도 시간 지나면 아침이 오듯
뜨거웠던 여름 지나 좋은 시절이 오니
곱게 물든 단풍 마음에 담아 이 가을을 노래하리라

사월을 보내면서

신록이 물드는 사월
물오른 꽃봉오리
조바심 내며 금세 터질세라

밤새 여기저기 터지는 소리
용암이 터져 솟아오르듯
철쭉이 붉게 피어나고 있네

새순은 연하고 부드러워
돌 된 아이 뽀얀 얼굴처럼
태초의 순수함과 해맑음

철쭉 꽃잎에 영롱한 이슬은
해님이 깨어나 시샘하듯 떠오르니
홍수정 되었다가 찰나에 떨어진다

신의 조화로운 작품은 한순간

이제 싱그러운 푸르름이

신록의 옷으로 갈아입으려 하네

봄의 선물

앞뜰엔 각양각색의 꽃들이
앞다투며 청아한 봉오리 터뜨리고
사람들 가슴엔 희망의 꽃들이 피어난다

어려움 겪는 이들에게 온정이 담긴
아름다운 사랑의 꽃 화분 만들어
봄 선물로 보내고 싶다

새봄의 시작과 함께 피어나는 목련처럼
내 마음도 하얗게 씻고 닦아
자애로운 기운을 듬뿍 담아

절망에 빠져 있는 젊은이들
병고에 시달리는 어르신들에게
위안과 희망의 꽃을 선물하고 싶다

받는 것보다 주는 것이 더 행복하니까

오월

뜰에는 초록의 향연 열리고
바다는 눈이 시리도록 맑으니
그 속에 어족들이 평화롭게 노니네

하늘은 코발트색, 어느 장인의 작품인가
숲속에서 온갖 새들이 노래 잔치 벌이고
온 천지가 싱그러운 녹음으로 물들었구나!

들에는 약동한 생명들이 활기 돋고
밭에는 보리가 서서히 익어가니
무릉도원 따로 있나 여기가 지상낙원이로다

오월의 향기 속에 내 마음 씻어내어
켜켜이 쌓인 업식에서 벗어나
안분지족安分知足의 삶 누려보리라

봄비 내리는 날엔

봄비 내리는 날엔 그대와 걷고 싶다
받친 우산 속에 두 어깨 맞대어 우정 나누고
마주보며 미소 지으면 눈빛 대화가 이어진다

봄비 내리는 날엔 그대와 함께
마주앉아 술잔 나누며 추억담 떠올리며
환하게 웃는 해맑은 모습을 보고 싶다

저 봄비에 젊은이들 청춘의 고뇌
치열한 삶을 헤쳐 나가는 중년들의 번민
지는 노을 바라보는 팔순 어르신의 고독
봄비에 말끔히 씻어 내리게 할 수 없을까

봄비 촉촉이 대지 적시고
초승달 고요히 떠있는 깊어가는 밤
눈을 감고 미소 지으며 꿈나라로 여행을 떠난다

유월의 바다

모래밭에 햇살 내려 반짝이고
물 위에 수정 굴러 윤슬 이루었네

긴 숨 내쉬고 갯내음 마시며
시원한 바람에 뛰는 가슴 잠재우네

눈 감고 귀는 열어
밀짚모자 사이로 들려오는
바다의 교향곡을 듣는다

이제 파란 염수鹽水에 몸 씻고
태고太古의 바람에 영혼 닦아
내 마음 신선이 되어
맑은 영혼이 깃든 삶 살아가련다

천혜의 비경

하늘 높고 볕 좋은 아침
배낭 메고 산행 길 나선다

들판의 온갖 곡식 익어 고개 숙이고
노랗게 익은 밀감 향기 바람에 감미롭구나

새소리 물소리 들으며 산등성이 오르니
탁 트인 시야에 별천지 펼쳐있네

해님은 붉은색, 달님은 노란색으로 물들이고
바람 선선히 부니 산비둘기 속삭이며 날아가네

아! 하늘이 준 천혜의 비경
눈이 시리도록 파아란 하늘
자연의 조화에 감탄이 저절로 나온다

열흘만 더 있다 떠나세요

가을이 벌써 떠나려 하네
정성으로 물들인 단풍은 어찌하고
그리 빨리 떠나려 하십니까?

달 밝은 밤 기러기 슬피 울며 날아가니
가슴 아파 떠나려 하십니까
찬바람 등 떠미니 못 이기는 척 떠나렵니까
열흘만 더 있다 떠나세요

들녘의 메밀꽃 하얗게 엊그제 피어
이제야 한 잎 두 잎 떨어지는데
열흘만 더 좋은 햇살 품어주시면
여물이 들고 알 굵으니 땀 흘리는 저 농부
주름진 얼굴에 환한 미소 보고 가소

돌담 아래 몽글몽글 물오른 들국화는 어찌하렵니까
철부지 어린 것들 찬바람 된 서리에 꺾일까 두렵소
열흘만 더 보살피시면 노란 꽃 곱게 피어 향기 뿜으며
섬 색시 부끄러워 미소 짓듯
고개 들어 웃는 모습 보고 가소

열흘만 더 있다 떠나소서

제5부

성찰

묵은지

지문 닳아 없어진 손끝으로
눈물 소금 보태가며 담근 묵은지

사랑의 체온으로 꼭꼭 눌러
오래오래 묵혀

빛바랜 침묵 속에서
시간과 사랑을 담아

어머니 체온이 만들어낸
농염의 예술품

나의 인생도
묵은지 같으면 좋으련만…

침묵沈黙

침묵은 무언의 반항, 소리 없는 외침인가
그대는 잔잔한 바닷속에 잠들어서
고기들과 유희遊戲하며 즐기고 있나

지성은 잠들고 양심은 병들어
세상이 통곡하며 울고 있네
이제 깨어나 행동해야 할 때 아닌가

정의는 진리와 함께 앞장서고
어른은 도덕과 윤리의 모범이 되어
웃으면서 정겹게 사는 세상 언제면 볼 수 있나

침묵이 넌지시 나에게 말하네
지혜의 금을 만들고 있는 중이라고
사색의 연금술로…

신神의 선물

신이 사람에게 준 큰 선물은
지나고 나면 다시 돌아오지 않는 오늘

아무도 알 수 없는 미지의 세계
새로운 꿈을 안고 살아가면서도
오늘의 소중함을 잊어서는 안 되겠지

흘러간 세월 아쉬워해도 부질없고
베일에 가린 내일은 어김없이 다가와도
오늘에 충실해야 내일이 더욱 밝아지리라

인간에게 공평하게 주는 신의 선물
아침마다 떠오르는 밝은 해 가슴에 품고
보람이 영그는 오늘 하루 갈무리할지어다

거울과의 대화

책상 위의 성자聖子
나를 돌아보게 하는 침묵의 멘토
오랜 세월 함께해온 곰삭은 친구

그래도 그대에게 불만이 많아
추한 주인 모습 보면서도 묵묵부답
일깨워 주고 위로도 해주면 어디 덧나니?

외로움 달래주면서 말을 건네고 싶지만
보이는 대로 비춰줄 수밖에 없어
내가 할 수 있는 일은 그것뿐이야

미안하다 내가 욕심을 부렸나 봐
내 모습 꾸밈없이 보여주는 것
너 말고 이 세상 어디에 또 있을까

받기만 하고 너를 위해 한 일은
얼굴 닦아준 것뿐인데
나를 성찰할 수 있게 해주어 고마워

너를 가끔씩 보면서 마음을 닦으려 해도
닦을 마음을 찾을 수도 없으니 어떻게 닦나

마음속 참나와 문답問答하며 여여하게 걸어가게나

바늘구멍 세상

바늘구멍으로 세상을 보는 괴짜가 되어 버렸나?
세상은 날씨가 변덕 심하듯 불확실하니
무엇 하나 투명하고 확신할 수 있는 게 없다

내 마음이 어둡고 비뚤어져서 그런가
이대로 마냥 갈 수 없어 한 생각 바꾸니
좁은 문을 통과하는 길을 알았네

해모수가 조천문으로 천계^{天界}와 통하듯이
나의 영혼도 바늘구멍만 한 조천문을 통해
천계를 유람하는 행운을 얻었다

길가에 예쁜 꽃들이 앞다투어 피어나고
농부는 덩실덩실 춤추듯 노래하며 일을 하고
정자에는 어르신들 정답게 대화 나누네
아! 지상낙원이 여기로다

한순간 깨어보니 오춘몽午春夢이었구나
아쉬웠지만 나는 낙원을 보았다
마음속에 지상낙원 잠재워 두고
가끔 꺼내어 맛보려 한다

안경

책상 위에 놓여있는 나의 분신들
이제 편안히 쉬고 있구나
한 세월 내 귀에 걸치고 콧등에 걸터앉아
희로애락을 함께했지

금테, 너는 내 젊은 시절에 만나서
멋도 부리고 오만도 떨었지
젊은 혈기에 다투다 깨지고 긁히며 수난도 많았지

뿔테, 자네는 위선자였어
지식도 없으면서 학자인 양, 고상한 사치를 즐겼지
성숙하면서 그 옷은 벗었네

돋보기, 그대는 대우도 못 받으며 고생했네
만학의 길 걸을 때, 그대가 힘이 되었지
그대 통해 지식을 얻고, 판단 능력을 갖추니
그대는 나의 스승이시다

이 모든 것들은 자네들 공^{功}
나 이제 눈멀고 검은 장막 드리우니
자네들 도움 필요 없지만 어찌 너희들을 버리겠는가

나 세상 떠날 때도 너희들과 함께하련다
눈물, 땀방울, 손때 묻은 내 분신
나의 안경들이여…

글 줍는 하르방

녹음이 짙어가는 오월
햇살 쏟아지는 대낮 등불 든 하르방
한 손에 흰 지팡이 들고 무언가 줍고 있구나

집게 들고 허공 한번 짚고 등에 넣고
길 위에 무언가 찾고 또 등에 넣는다
흉언과 흉문은 등불에 태워버리고
좋은 말 좋은 글 가지고 가서
곱게 다듬어 지혜 만든다 하네

영감님, 대낮에 등은 웬 등이오?
세상이 너무 어두워서요
내 마음의 등을 밝히고 있지요

하늘이 참 파랗군요
당신 마음이 파란 마음이군요
글 줍는 하르방은 흰 지팡이 짚고
붉은 열매 송송한 먼나무 가로수 길을 걸어간다

밥 글

"밥 잘 먹어사 쑥쑥 큰다"
할머니 말씀
"하영 배워사 궁량窮量 넓어진다"
할아버지 말씀

밥으로 몸 키우고
글 밥으로 지식을 얻어
지혜와 능력 쌓으며 걸어왔다

마음은 도리에서 어긋나지 않고
행동은 법도에 벗어나지 않게 하니
하늘 우러러 한 점 부끄럼 없도다

하지만 아직도 삶의 진정한 의미를 모르겠네
밥 잘 먹고 하영 배우라는 선조의 밥 글
오늘따라 큰 울림으로 다가오는 건 왜일까?

마음의 여정

내 마음 내가 묶었으니
얽어맨 밧줄 누가 어찌 풀 것인가

걸림 없이 바람 지나듯
정처 없이 구름 흘러가듯
내 마음 속박 없이 자유롭고 싶어라

묵묵히 흐르는 강물처럼
장애물 만나면 돌아서 가고
모든 것 다 받아들이며
흘러 흘러 바다에 도달하듯

자연의 섭리 따라 집착 내려놓고
얽어맨 내 마음 내 스스로 풀어내어
맑은 영혼 늘 함께 가는 길
유유자적한 마음의 여정

마음을 열면

봄날에 창문을 열면
향기 실은 바람이 들어오고
우리네 마음을 열면 행복이 온다

아침에 포근한 웃음으로
문 열고 나서면
활기찬 열정으로 일하게 된다

내가 웃어야 행운도 미소 짓고
훈훈한 마음엔 너그러움이 보이며
표정이 밝으면 사람이 모여든다

혼자 걷는 길엔 그리움이 쌓이고
둘이 걸을 땐 사랑이 피어나며
셋이 걸을 때는 참된 우정 샘솟는다

마음을 열고 오늘을 보람차게 보내면
내일을 맞이하는 발걸음이 가볍고
꿈과 희망이 현실로 다가온다

돌아보면

호젓한 숲길을 걸어 볼 겨를도 없이
앞만 보며 달려온 나의 인생
왜 그리 여유 없이 각박했을까

뒤돌아보면
유년 시절 꿈 먹고 자라서
청년 되어 학업에 인생 공부하고
장년엔 욕심 많아 실패도 했었지

내 인생 시험 답안지 펼쳐보니
정답은 간 데 없고 오답 투성이
이제 와 지우려 하니 시험지는 암흑의 하늘

무색 지우개로 지워 오답 바꾸려 하니
지울 수도 없고 수정도 안 된다네
진실한 참회와 헌신으로만 가능하다 하네

굳게 닫힌 마음의 문을 열기 위해
내 탓으로 돌리며 조건 없이 베풀다 보면
언젠가는 가슴 활짝 펴고 걸어갈 날 오겠지

맑은 영혼으로

어느새 내 나이 고희 되어도
내 마음은 붉게 타는 석양과 같은데
왼쪽 눈은 안개 덮여 그믐밤 같고
오른 눈은 검은 먹물 칠해 놓았네

내 인생 돌아보니
낮에는 입담으로 진실 가리고
밤이면 달나라 별나라를 여행하며
공상 속에 한평생 보내었구나

나이 셈들어 참된 일 하려니
지식은 수박 겉핥기였네
몸도 마음도 두껍게 묻은 때
무엇으로 씻어낼까?

모든 집착과 욕망 내려놓아

영혼이라도 맑게 하여

주위에 누累 없는 삶 살아가련다

제6부

인생길

지상에서

떠나고 싶다면 말없이 보내드리고
오지 않는 님 기다리지 말라

너무 조바심 내지 말고
넉넉한 마음으로 걸어가라

사랑에 목마르면
그냥 아낌없이 주리라

지상에서 띄운 사랑의 연鳶
바람 타고 창공에서 노닐다가
얼레 줄 끊기면 천상에서 다시 만나리

나이테 늘어 가는데

세월아, 나 좀 붙잡지 말고 가다오
해마다 나이테가 늘어 가는데
인생길 걷고 뛴 내 다리 좀 쉬면서 가자꾸나

어릴 적 너를 몰라 철없이 자랐고
학창 시절 부푼 꿈 키우느라 널 생각도 못 했고
청년이 되서는 사랑과 욕망으로 너를 무시했으며
장년에 드니 생활에 억눌려 너를 원망했단다

너는 가끔 사람을 유혹하기도 하고
때로는 삶의 진한 감동을 느끼게도 하면서
쉼 없이 달려가는 경주마 같구나

세월아, 너는 계절이란 탈을 쓰고,
봄이면 꽃 피우고 가슴 설레게 만들며
여름엔 발가벗겨 맨살 보이게 하고
가을에는 울긋불긋 단풍으로 마음 흔들어 놓더니
겨울 되면 눈보라 시켜 인간의 삶 길들이는구나

그래도 세월아,
나이테 늘어난 만큼 연륜의 바퀴 잘 굴려
삶의 마무리 아름답게 하려무나

빈손으로 갈 건데

오늘도 백발의 노인은
아침부터 허무감에 젖어서인지
뒷짐 지고 고개 숙여 걸어간다

세상이 보기 싫어 그러는가
젊은 날 지은 죄를 뉘우치고 있는 걸까
아니면 추억의 시간들을 회상함인가

찾는 이 없다고 슬퍼하지 말고
꿈을 못 이루었다고 낙담하지도 말며
걸어다닐 수 있는 것만도 감사한 일 아닌가

아침이면 태양이 밝은 세상 보게 하고
밤이면 달님이 살며시 찾아와 위로해준다
바람과 구름은 걸림 없이 자유롭게 살라고 하네

이제 근심 걱정 내려놓아 털어 버리고
마음의 때 말끔히 씻어 버려서
가슴을 펴고 가벼운 마음으로 걸어가면 어떠리

어차피 혼자 왔다 빈손으로 갈 건데…

삶의 독백

삶은 고난의 길인가?
걸어가는 발걸음 무거울 때가 많은데
삶의 무게는 얼마나 될까?
사람의 마음에 따라 다르겠지

삶은 무겁고 죽음은 가볍다는데
삶의 무게를 줄일 수 없을까?
아집에서 벗어나 여여한 마음 갖도록 하게나

욕심을 버리려니 어디 있는지 찾을 수 없네
마음속에 숨어서 나타났다 없어졌다 하니
욕심은 요술쟁이인가?
탐욕의 마음 내려놓으면 사라진다네

그럼 행복한 사람의 무게는 가볍겠지?
솜털마냥 가볍지만 이루기는 쉽지가 않지
사소한 일에도 감사하는 마음속에 깃들어 있지

일체는 오직 마음에 달려 있다는 진리 따라
내 마음 올곧게 다스리며 묵묵히 걸어가리

인생은 모노드라마

장대비 쏟아져
물안개 되어 피어오르네

꽃무늬 장화에 레인코트 입고 투명우산 받쳐든 여인
발걸음 사뿐사뿐 우산도 빙글빙글 돌리며
노천무대에서 무희舞姬 춤추듯 즐기고 있네

바람 불고 비 내려도 누구나 가야 하는 길
벗 있어 웃으며 함께 가면 좋으련만
산 넘고 물 건너 끝없이 혼자 가야 할 길

가다가 힘들면 쉼팡 찾아 쉬어가고
고개 들어 하늘 보며 외쳐도 보며
지워져가는 내 발자국 돌아보며 가야 하는 길

지금도 비는 내리는데

저 여인은 아직도 모노드라마 연기 중

연습도 없고 되돌아갈 수도 없는 인생길

삶의 여정은 모든 배역 혼자 하는 모노드라마

백년해로

지금껏 살아도 인생의 참의미 알 수 없고
내 삶의 텃밭 잘 가꾸지 못하여 잡초 무성한데
앞은 보이지도 않고 가는 길도 모르겠노라

진실한 마음으로 참되게 살려 해도
간간이 다가오는 세속의 풍파 헤쳐 가다 보니
사계절 따라 하염없이 허송세월만 보냈구나

그래도 나의 동반자는
늘 곁에 있으면서 지켜보고 함께해주며
길동무, 말동무하면서 고난의 세월 같이했지

발품을 팔다가 그늘에서 쉴 때면
어디론가 가서 사라졌다가
햇살이 비치면 모습을 드러내는 그림자처럼

나와 늘 함께해온 세월

한세상 어느덧 흘러가는구나

백년해로하고 아름다운 이 세상 하직하세

고희古稀의 행복

고희 넘게 산다는 건
또 하나의 행복이 아닐까

어릴 때 하늘나라로 가기도 하고
청년이 되어 유명을 달리하는가 하면
장년이 되어 불의에 세상을 떠나기도 한다

이 생명 칠십 넘게 부모님 주신 대로 온전하고
부인과 자녀, 손자들도 건강하니
어찌 행복하다 하지 않을 수 있으리

비록 젊은 시절의 꿈 이루지 못했어도
하늘이 내린 천수를 누리고 있으니
복 받은 인생이 아니랴

남은 날 헛되이 보내지 않고
영혼이 맑은 삶을 살아가련다

살아야 할 이유

너도 나도 누구나 단 한 번
세속의 흐름 속에 휘말려 돌면서
구름 흘러가듯 덧없이 가는 인생

한 번뿐인 나의 운명
모든 것 부질없음 모르고
쉴 새 없이 달려온 고난의 길

몸과 마음 뜻대로 안 되어도
내 인생 사전에 포기는 없었지
살아야 할 이유가 있기에

힘들고 외로운 길
묵묵히 걸어온 나의 동반자
진실 담긴 따뜻한 정 듬뿍 주며
다복한 보금자리 가꾸어 나가련다

백세 인생

부모 은덕으로 태어나서
유년 시절엔 모든 것이 신기하며
가족의 사랑으로 철모르게 성장하였네

학창 시절엔 공부하고 좋은 친구 사귀고
청년이 되어 아름다운 무지개 좇아
산 넘고 물 건너며 미지의 세계를 접했지

불혹不惑 되어 인생 공부 좀 했다고
오만으로 가득하니 진리 찾아 떠났건만
지천명知天命을 맞이하니 내일 일도 몰랐었네

이순耳順이라 환갑에 거울 보니
머리엔 서리 오고 얼굴에는 주름이 생기고
고희古稀 맞이하고 살아 온 길 돌아보니
인생은 고적古跡 답사하는 여행길 같네

희수喜壽 되어 기쁜 일은 손자 재롱뿐이로다
산수傘壽 맞아 보호막은 기쁘게 하는 일
부드러운 말과 따뜻한 마음으로 베풀어 보세

미수米壽 맞아 밥 잘 먹고 기운차려
인생을 마무리하는 졸수卒壽를 맞이하니
돌아 갈 날 예약하고 마음의 준비해야 하네

어느새 세월 흘러 백수白壽 맞이하니
백세 인생 미리미리 준비하여
한 세상 아쉬움 없이 천수天壽를 누려보세

소중한 인연

오늘도 나에게 주어진 인연 앞에
청순한 꽃잎처럼 마음을 열어
기도하는 심정으로 하루를 시작한다

나의 소중한 인연들을 위한
애정 주머니, 미소 보따리, 행복 방망이
모두 짊어지고 집을 나선다

외로운 사람에게 정다운 말 건네주고
근심 걱정 있는 이에게 미소를 주어
서로가 행복한 인연을 맺고 싶다

향기로운 꽃에 벌, 나비 날아들 듯
그윽한 마음과 자애로운 얼굴로
따뜻한 정情 나누며 소중한 인연 이어가리

보람으로 익어가는 하루

어둠을 밀어내고
떠오른 태양을 맞으며
나의 하루는 시작된다

밤새 내 영혼이
만들어 키운 소망

바람에 선선히, 햇살에 알차게
정성으로 영글어
보람으로 익어가는 하루

석양 노을이 하루를
곱게 물들여 간다

세월은 엉터리 화가

세월은 선線 하나 제대로 못 그으면서
뽀얀 색지에 마구 긋고 칠하여
조물주의 작품을 졸작으로 만들어 놓았네

청순하고 귀여운 내 짝꿍 순이에게
이마에 금 그어 놓고 이쁜 보조개는 지워버리고
머리엔 흰 물감 칠해 놓아 할망구를 만들었구나

총명했던 내 동무 얼굴엔 뿔테 안경
눈가엔 주름만 생겨나고
허리 굽은 늙은이로 만들었구나!

거울에 비친 내 모습
어린 시절 해맑은 얼굴 어찌 이리 그렸나
세월은 엉터리 화가인가, 제발 붓을 들지 말게나

세월아, 그래도 내 소원 들어주렴
소중한 이들과 정담도 나누며 천천히 가자
아름다운 꽃들에 눈길을 주고
콧노래도 한가락 부르며 여유롭게 가자

젊은 그대여

젊은 그대여!
쓰러져 울지 말고 일어나
아침에 떠오르는 태양을 맞이하라
두 팔 벌려 가슴 열고 태양을 품으면
그대 가슴엔 뜨거운 심장이 뛰리라

젊은 그대여!
삶에는 정답이 없지
꿈과 열정이 있을 뿐
험한 세상 지혜롭게 살아감은 그대 몫이리라

젊은 그대여!
인내를 키우려면 산을 오르라
넓은 세상이 그대를 기다린다
오르며 생각하고 또 생각하며
정상에 올라 희열을 맛보아라

젊은 그대여!
버거운 고난이 닥치거든 바다로 가서
드넓은 바다를 향해 울분을 토하라
세찬 바람을 헤치고 거센 파도를 넘어
저 수평선 너머에 그대들 세상이 기다린다

제7부

고
향

발자국이 길을 만드니

풀 한 포기 없는 황막한 빌레왓에도
태고太古의 세월이 흘러
돌 트멍에 흙 모이고 생명이 움터
꽃 피고 새 우는 숲을 이루었다

온갖 동식물이 어우러져 평화로우니
지상 낙원이 따로 없도다
이 땅에도 사람의 발자국이 길을 만드니
사냥꾼과 벌채꾼이 드나들고 모여들어

하나둘 정착하고 배를 짓고 고기 잡아
바당밭 일궈서 생계를 유지하며
오손도손 살아가는 금능 마을을 이루었다

내 고향 금능

내 고향 금능해수욕장
동으로 송림 우거지고 하얀 모래사장 휘감아
서쪽엔 촘촘한 돌 그물 원담
초여름 달 밝은 밤에 멸치 떼 몰려와
물 빠져 나가면 원담 안은 온통 은색으로 변하고
온 동네 사람들 모여들고 멸치 떼 파시波市를 이룬다

북으로 넉넉한 어머니 같은 비양도
버티고 앉아 세찬 바람 거센 파도 잠재운다
초가을 백사장엔 물새들 쪼르륵 달리기하고
한적한 모래 위를 내 발자국 벗 삼아 걸어간다

옛적에 찍어놓은 내 발자국 찾다가
깎이고 탈색된 소라껍데기 주워들고
젊은 날 친구들과 술 부어 마신 기억

"내 귀는 소라껍질, 바다 소리에 귀를 귀 기울인다"는
시 한 소절 읊었던 친구들은 하나둘 먼 나라로 떠나고
조각난 추억들을 맞추며 회상해본다

노을 지는 해변의 노화백老畵伯인 양
유년에서 노년까지 자화상을 그려본다

썰물이 밀려와 발등을 간지럽혀 정신 차려보니
그림 그려놓은 자화상 지워지고
길게 찍힌 내 발자국 하나둘 밀물에 지워져가네
백사장에 밀물이 밀려와 호수 이루고
잔잔한 물결 위에 홍비단 깔아놓았네
황홀한 이 광경에 가슴이 아리고 뛴다

내 영혼 저 비단 위에 잠들고 싶어라
물새가 노래하고 바람이 반주하는 소리 들으며
멸치 잡던 선진터에 영원히 잠들고 싶구나

향수 서린 골목길

골목길은 향수鄕愁 서린 곳
큰길 돌아 접어들면 꼬불꼬불
조상들의 피땀 서린 돌담길

자치기, 공놀이 하던 그곳에
여름철 소나기 끊기면
물먹은 돌담엔 우주의 기운이 담긴 듯

좁고 높은 돌담 사이로
파란 하늘에 무지개 피어오르면
동화의 나라가 된다

장마철 골목엔 하얀색 접시꽃 피고
칠월이면 경쟁하듯 피어난
붉은색, 노란색 물든 칸나 꽃길 이룬다

이른 아침 넓은 칸나 잎에는
이슬이 청롱한 수정水晶 되어
잎마다 도르르 도르르 구르네

그 길은 참회의 발걸음 깃든 곳
놀이에 묻혀 노을 흩어질 무렵에야
골목에 들어서면 후회가 막심하다

아, 지금도 눈 감으면
점둥이 흰둥이 뛰어나와 반기고
어머니 미소 짓는 모습 눈에 어린다

정구수鄭狗水 물

태고의 신비를 간직한 채 암굴 속에서
득도를 위해 수행하는 승려처럼
오랜 세월 묵묵히 흐르는 정구수

예부터 이곳은 숲이 울창한 지대로
여러 동물들이 공생 공존하며 살았던 곳
정鄭 포수가 개를 데리고 사냥 나왔다가
목이 말라 물을 찾던 중 굴속에서 나온
사냥개 입이 젖어 있어 안내하는 대로 따라가 보니
물이 콸콸 쏟아져 흐르고 있는 게 아닌가
정씨 개가 이 물을 찾았다 하여 정구수鄭狗水라 불렀지

이 물은 금능 마을의 위대한 어머니
동네 사람들 모두 어머니 젖 먹여 키우듯
이 물 안 먹고 자란 주민이 있었을까

윗물은 식수로, 중단물은 목욕수,
하단수는 빨래터로 사용하며
마을 사람들의 생명수로 이어온 지 수백 년
동굴이라 여름엔 시원한 휴식처가 되어주고
겨울에도 얼지 않고 물이 흘러 생활터전 되었네

물은 높은 데서 얕은 데로 흐르는 순리
흐르다 막히면 돌아갈 줄 아는 지혜
분별하지 않고 감싸 안는 포용력을 지녔도다
정구수 물도 또한 이러했으리라

배령포 유래

 금능 마을의 옛 이름 배령포排舲浦 처음 문헌에 나온 시기는 효종 원년 1651년『탐라지』에 밀 배排, 작은배 령舲 뜻하는 排舲浦로 등재 작은 배들이 피양하기 좋은 포구라는 뜻을 지닌 곳 비양도와 푸른 바다, 백사장이 절경을 이룬다.

 배령盃令이란 한자 이름은 서부락 중심지에 술잔 모양의 돌 동산이 있어 잔 배盃 명령 령令을 써서 마을 명칭으로 사용했다고 전해진다.

 이형상 목사가 제작한『탐라순력도』에도 盃令浦로 쓰였고 정조 2년에 만들어진『증보 탐라지』에는 排舲浦로 기재되어 시대에 따라 배령포 음은 같으나 한자는 다르게 표기되었다.

이후 일제강점기에 부락 이름을 일본식으로 개명할 당시 동부락과 서부락 사이에 금동산이라는 돌동산이 있어서 쇠 금金에 두둑 능陵을 써서 '금능'이라고 법정리로 등재되어 지금에 이르고 있다.

  배령포 마을이 처음 문헌에 기록된 것은 1651년 일반적으로 마을의 형성은 문헌에 기록한 것보다 앞서기에 처음에는 이삼십 호가 모여 살며 촌락을 이루었고 마을 이름이 붙여지기까지 백 년 정도 지난 후로 볼 때 설촌 시기는 1550년 무렵으로 추정된다.

  이 지역은 어업하기에 안성맞춤인 포구가 있고, 예부터 나무가 좋아 '낭 좋은 배랭이'라고도 했다. 나무가 좋으니 배를 지어 고기잡이하기에 좋고 어장이 좋아 해산물이 풍부하여 밭이 부족해도 해산물로 생계를 꾸릴 수 있는 여건이 갖추어졌다.

설촌한 인물은 양씨梁氏라고 전해지고 있으나 연대 계산으로 볼 때 근거가 부족하고 양씨 이전에 사람들이 살기 시작한 것으로 보인다. 금능에 오래전부터 살았던 집안의 성씨로는 양梁, 고高, 이李, 손孫, 문文씨 등이 있다. 기록에 없는 역사는 확신할 수 없지만 구전되어온 설화說話로도 역사를 가늠할 수 있으리라.

금능 개벽시

신께서 바닷속을 들여다보니
물속에 아름다운 섬이 가라앉아 있어
용암을 뿜어서 물 위에 올려놓았다.

섬이 밋밋하니 화산을 터트려
삼백육십여 오름을 만드시고
한라산에 걸터앉아 사방을 둘러보니
북서쪽인 건방乾方이 허虛하여
기氣를 보내 정월악正月岳을 만들다.

오름에서 솟아 내린 용암이 북쪽으로 흐르며
천석빌레를 만들고 북으로 흘러서
환생굴還生, 흔들굴을 휘돌아 만들며
잠깐 멈추었다.

다시 북으로 흘러서 괴평디碑平地를 이루고

두 개로 갈리어 흐르는 용암이 하나는 북으로 흘러
망능望陵이 되고 다시 북으로 제릉祭陵, 제동산 만들고
세 갈래로 분리되어 흐른다.

북으로 힘차게 흐른 용암이 물가에 멈추니
수릉水陵이고 외청룡外靑龍이 완성되었다.
또 하나의 내청룡內靑龍은 북으로 흐르다
동으로 멈추니 막릉幕陵, 막지동산이다.

제릉 안쪽에서 동북으로 흘러 멈춘 곳이
반지盤地이며 다시 흘러 배릉盃陵이 되었다.
괴병듸에서 갈리어 흐른 한 줄기는
북으로 힘차게 흘러 정구수鄭狗水를 만들어 멈추고,
넓은 반석을 만드니 그곳이 정반지正盤地이다.

계속 흘러 뭉쳐 멈추니 자릉雌陵 금동산이고
서쪽에서 북으로 길게 뻗어 멈추니 웅릉雄陵이다.
서북으로 화릉华陵을 만들고
또 흘러 제릉과 이어진다.

정반지에서 동으로 흐르다
휘감으며 견릉肩陵을 이루고
또 흘러 잠깐 멈추니 그곳이 백릉栢陵이며
백릉에서 북으로 흘러 멈추니 그곳이 지릉只陵이다.

지릉에서 잠시 쉬었다 서북으로 길게 뻗어 멈추니
장사長蛇코지이다 백호가 완성되었다.
백호로 자릉에서 북으로 뻗어서 멈춘 곳이
소황릉昭晃陵이며 그 서쪽에 소황수를 만들었다.

신께서 만들고 보니 동백꽃이 피어 있는 형상이다.
그런데 북이 허하고 바람이 세차니
기氣를 보내 비양飛陽섬을 만드셨다.

만들고 보니 바람을 막아주어 좋으나
안산으로는 너무 커서 압박감을 주고 있고
백호가 너무 가늘어 아쉬운 점이 있다.

안쪽으로 봉릉峯陵, 또 봉릉蜂陵과 접릉蝶陵 있어
지형이 동백 형국이니
동네마다 동백 심어 울창하면
풍요롭게 살아가는 마을로 번성하리라.